AF463269

CATALOGUE

DE

LA COLLECTION DE TABLEAUX

DE M. LE VICOMTE

DE CARVALHIDO

1865

J. Claye, imprimeur
Benoit 7 à Paris

La collection de M. le vicomte de CARVALHIDO a été formée à la suite de nombreux voyages.

Elle est le résultat de longues stations faites dans les musées publics et les galeries particulières, qui ont développé chez cet amateur distingué le goût délicat de la peinture et le sentiment des beaux-arts.

Il nous suffira d'indiquer que plusieurs de ses tableaux proviennent de collections célèbres, telles que celles de MM. le duc de Morny, de Turenne, Tondu, etc., etc.

H.

DÉSIGNATION

ÉCOLE ESPAGNOLE

J. BAUTISTA DEL MOZO

1. — *Passage de la Mer Rouge.*

L'artiste a choisi le moment où Moïse engloutit Pharaon et son armée.

Le Musée du Louvre ne possède aucun ouvrage de ce maître.

Sur toile. — Largeur, 0,88 ; hauteur, 0,76.

2. — *Ruines et Figures dans la campagne de Rome.*

A droite on remarque un bas-relief antique et d'anciennes ruines romaines, plusieurs figures et animaux animent le paysage.

Pendant du précédent.

Sur toile. — L., 0,88 ; h., 0,76.

VELAZQUEZ (1599-1660)

3. — *Vue de la Grotte ~~d'Azur~~, près de Naples.*

Paysage traité dans la manière chaude de Claude Lorrain : les petites figures sont touchées de main de maître.

Velazquez a peint des fruits, des fleurs, des animaux, des sujets d'histoire, des paysages, et a excellé dans tous les genres.

Sur toile. — L., 1,02 ; h., 0,82.

degré le sentiment du sublime et de la conviction religieuse.

Nota. — Cette magnifique composition a été donnée au Musée de Lisbonne par M. le Vicomte de Carvalhido.

Sur toile. —

5. — *Apparition de la Vierge à saint François.*

Première pensée, esquisse ovale du tableau qui est au musée de Madrid.

Sur toile. — L., 0,39; h., 0,45.

LOPEZ (Don-Diégo)

6. — *Fruits.*

Sur toile. — L., 0,80; h., 0,63.

7. — *Pendant du précédent.*

Sur toile. — L., 0,80; h., 0,63.

VALDEZ

8. — *Saint Dominique en prière.*

Vu de profil; sa tête présente des traits fortement prononcés; sa main droite est placée sur son cœur et tient son rosaire : il fait sans doute avant d'écrire une dernière profession de foi. A genoux, le saint adresse sa prière au Christ : une tête de mort, un livre et un encrier sont placés près de lui sur la table.

Peinture remarquable comme énergie et comme exécution.

Sur toile. — L., 0,52 ; h., 0,58.

GOYA

9. — *Chien à l'attache (cave canem).*

Grandeur nature : cette peinture est exécutée avec la fougue et l'entrain qui caractérisent le talent de Goya.

Sur toile. — L., 0,83 ; h., 0,93.

ALONZO CANO

10. — *La Sainte Face (tête du Christ).*

Peinture exécutée légèrement et presque en grisaille, d'une expression touchante.

Sur toile. — L., 0,57 ; h., 0,70.

RIBERA (1588-1656)

11. — *Caton.*

Esquisse peinte. Première étude du même tableau appartenant à la galerie du roi Louis-Philippe.

Dans le bas, à droite, est la signature.

Sur toile. — L., 0,75; h., 0,85.

JUAN CAREGNA DE MIRANDA

12. — *L'Enfant Jésus bénissant le monde.*

Assis sur la boule terrestre ayant la croix dans la main gauche, au milieu du ciel, l'Enfant-Dieu bénit l'univers. Composition gra-e d'une exécution remarquable.

Sur toile. — L., 0,81; h., 0,95.

D'après MURILLO, *copie par* ALONCE

13. — *L'Enfant Dieu, berger.*

Copie de même grandeur que celle qui est au musée de Madrid.

Sur toile. — L, 1,10; h., 1,34.

ÉCOLE FRANÇAISE

COUDER

14. — *Intérieur de cuisine.*

Ce petit tableau, exécuté avec la plus grande finesse, est un véritable chef-d'œuvre dans son genre.

L 24 h 30

Nota. — Provient de la célèbre collection du Duc de Morny, inscrit au catalogue de vente sous le n° 7.

BOUCHER (1704-1770)

15. — *Guirlande d'Amours.*

Petits Amours se jouant avec des fleurs et des colombes.

Peint sur papier. — L., 0,47 ; h., 0,53.

BAUDOIN (P.-A.)

16. — *Le Bijou donné.*

Composition connue, gravée par de Launay Signé sur le fauteuil à droite.

Sur bois. — L., 0,40; h., 0,46

17. — *La Soirée des Tuileries (clair de lune).*

Composition connue et gravée par Basan. Signé à gauche sur le piédestal.

Sur bois. — L., 0,40; h., 0,46.

LAWREINCE (N.)

18. — *L'Heureux Moment.*

Composition gravée par M. N. de Launay.

Sur bois. — L, 0,40; h., 0,46.

19. — *La Tentation.*

Jeune homme offrant une boîte de bijoux, etc.

Signé sur le fauteuil à gauche.

Sur bois. — L., 0,43; h., 0,50.

LAWREINCE (N.)

20. — *L'Innocence en danger.*

Jeune fille amenée en présence d'un jeune homme qui l'accueille.

Sur cuivre. — L., 0,30; h., 0,40.

21. — *Le Déshabillé.*

Sur cuivre. — L., 0,31; h., 0,39.

COYPEL (1661-1722)

23. — *Armide abandonnée.*

Le sujet représente le moment où Renaud, avec Ogier le Danois, quitte les jardins enchantés. Dans le fond du paysage, on aperçoit le palais d'Armide.

Composition capitale.

L., 1,08; h., 1,27.

HACKERT (J. P.)

24. — *Vue d'un port de mer.*

Effet à la Joseph Vernet. Peinture claire, petites figures sur le premier plan, bonhomie spirituelle. Joli tableau.

Sur toile. L., 0,96; h., 0,75.
Signé au milieu.

ANDRÉ

25. — *La Tasse de café.*

Ce pastel, le plus remarquable, le plus réussi de l'œuvre d'André, représente une toute jeune femme d'une charmante physionomie dans un négligé attrayant.

Signé à gauche.

L., 0,80; h., 0,90.

DELACROIX (Eugène)

26. — *Le Christ conduit devant Caïphe.*

Esquisse peinte.

Sur toile L., 0,45; h., 0,41.

ADAM (Victor)

27. — *Le Bivouac.*

Composition spirituelle et animée, bonne peinture.

Sur toile. — L., 0,50; h., 042.

JACQUES

29. — *Mouton dans un pâturage.*

Une des meilleures études de ce maître. Peinture d'une touche grasse et moelleuse et d'une grande vérité.

Sur toile. — L., 1,25; h., 0,66.

PRUD'HON (1758-1823)

30. — *Portrait authentique de Bonaparte au retour de l'expédition d'Égypte.*

Ce portrait est une œuvre capitale. L'exécution ne laisse rien à désirer. Prud'hon a atteint dans cette toile le plus haut degré de son talent; la tête de Bonaparte impressionne, elle est fascinatrice; on croit, en la voyant, pressentir les grands projets de l'homme extraordinaire, et l'intérêt est encore augmenté en pensant à l'époque où il a été peint.

L., 0,72; h. 0,82.

Baron GÉRARD (1770-1837).

31. — *Joséphine (portrait officiel).*

L'Impératrice est en toilette comme dans le tableau du Sacre, vue jusqu'à mi-corps.

Sur toile L., 0,75 ; h., 0,84.

32. — *Le Roi de Rome.*

Le Roi de Rome est représenté la tête appuyée sur sa main, et peint en costume de chasseur de la garde.

Sa physionomie douce et naïve et sa ressemblance frappante avec le Prince Impérial ajoutent à ce portrait un grand intérêt.

Sur toile L 38 h 46

DUBUCOURT

35. — *La Danse.*

Sujet champêtre, petites figures.

Sur bois. — L., 0,48 ; h., 0,39.

DECAMPS

36. — *Paysage.*

Effet d'Orient. Soleil couchant. Étude.

Sur bois. — L., 0,45 ; h., 0,38.

GÉRICAULT (*Attribué à*)

37. — *Charge de Cuirassiers.*

Étude.

Sur toile L., 0,51 ; h., 0,42.

TOURNIÈRES (1668-1752)

38. — *Portrait d'homme.*

Dans un riche costume, d'une exécution de la plus grande finesse.

Sur toile L., 0,51 ; h., 0,60.

CLOUET (*Écoles des*)

39. — *Élisabeth d'Autriche.*

Sur bois. — L., 0,36 ; h., 0,42

40. — *Henri II.*

Sur bois. — L., 0,36 ; h., 0,42.

CARESME

41. — *Petit sujet à la Boucher.*

Sur toile. — L., 0,40; h., 0,48.

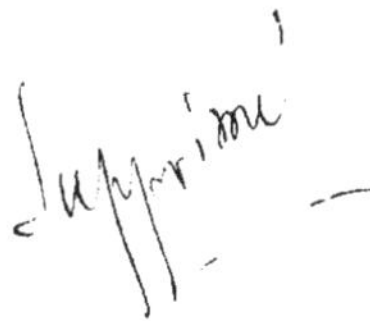

KOBBEL

43. — *Vaches dans un pâturage.*

Peinture très-finement exécutée.

Sur bois. — L., 0,74; h., 0,63.

PRUD'HON (*Attribué à*)

44. — *Le Sommeil de Cérès.*

Petite peinture ovale; projet de décoration.

Sur toile. — L., 0,45; h., 0,37.

MICHAUX

45. — *Petite composition imitée de Wynants.*

Sur cuivre L., 0,39; h., 0,35

VERNET (Joseph) 1714-1789

46. — *Paysage orné de figures.*

Cette vue est prise en Italie ; dans le fond on reconnait le Château Saint-Ange, le Tibre coule au second plan et au premier sont des figures de pêcheurs. Ce paysage est exécuté dans la manière de Benardini Fergioni où Vernet étudia à Rome la peinture.

47. — *Paysage orné de figures.*

Pendant du précédent.

L 31 h 40

CHARPENTIER (*Élève de* GREUZE)

48. — *Tête de Jeune Fille.*

Peint en 1764. L 38 h 45

Signé à gauche.

FRAGONARD (1732-1806)

49. — *Le Verrou (variante).*

Composition connue et gravée. sur bois
L 24 h 33

MIGNARD (PIERRE) 1610-1695

50. — *Isabelle d'Orléans duchesse de Guise.*

Portrait historique très-bien conservé. L'exécution de la tête, de la main et des vètements est d'un fini achevé, sans nuire à l'expression du visage qui domine par son importance. sur toile L 66 h 81

GRIMOU (1630-1740)

51. — *Portrait de jeune garçon.*

toile L 33 h 40

ÉCOLES

FLAMANDE ET HOLLANDAISE

HEUSCH (D.)

52. — *Paysage italien*

Composition avec figures, d'une belle conservation, sujet animé.

Signé à gauche.

Sur bois. — L., 0,55; h., 0,47.

53. — *Cavalier.*

Halte à l'auberge.

Signé à droite.

Sur bois. — L., 0,55; h., 0,47.

Attribué à RUBENS *et à* SNEYDERS

54. — *Chasse à l'Ours.*

Sujet de chasse dont les grandes compositions par RUBENS existent à Munich.

Sur cuivre. — L., 0,95; h., 0,77.

RUBENS (*Attribué à*)

55. — *Chasse au Sanglier.*

Même sujet que le précédent.

L., 0,95; h., 0,77.

DUCQ (1636-1695)

56. — *Composition capitale tirée de la Vie de l'Enfant prodigue.*

Sur bois. — L., 0,86; h., 0,76.

TÉNIERS (D.) PÈRE

57. — *L'Alchimiste.*

Composition gravée d'un ton clair. Ce tableau, d'une belle conservation, a ceci de particulier, qu'il semble former plusieurs tableaux. On aperçoit la tête de TÉNIERS jeune entr'ouvrant une fenêtre.

Signé à droite, en bas du tableau.

Sur bois. — L., 0,87; h., 0,66.

RICKAERT

58. — *Buveurs dans l'intérieur d'une distillerie.*

On rencontre rarement une œuvre aussi complète, aussi capitale du maître, et qui offre, comme clair-obscur, couleur et franchise d'exécution, un ensemble aussi réussi.

Sur bois — L., 1,05; h., 0,91.

NETSCHER (G.) 1639-1684

59. — *Daphnis et Chloé.*

Composition gracieuse dans un paysage mystérieux, enrichi de bas-reliefs et de sculptures antiques.

L., 0,69; h., 0,77.

VAN-TOLL

60. — *Intérieur d'une maison flamande.*

Élève de GÉRARD-DOW, VAN-TOLL, dans ce tableau, a atteint un degré de fini incroyable.

Sur bois L., 0,71; h., 0,80.

WOUWERMAN (PH.) 1620-1668

61. — *Le Repos.*

Cavalier tenant son cheval par la bride, qui se trouve sur un pli de terrain, 1er plan.

Bel échantillon du maître comme exécution.

Sur bois. — L., 0,64; h., 0,58.

WOUWERMAN (*Attribué à*)

62. — *Le Départ pour la Chasse.*

Cavaliers avec dames. Baigneurs au 2me plan. Composition importante.

L., 0,70; h., 0,55.

CUYP (A.) 1605-1672

63. — *Cavalier.*

Portrait présumé de Cromwell. Le Protecteur à cheval dans son costume habituel.

Signé à gauche, dans le bas du tableau.

Sur bois. — L., 0,81; h., 0,96.

ASSELYN (J.) 1610-1660

64. — *Cavalier.*

Le moment du repos; l'après-midi. Peinture des plus réussies dans l'œuvre d'Asselyn. Effet de soleil et de lumière remarquables.

Signé à droite.

Sur bois. — L., 0,80; h., 0,90.

VERKOLIE (Jan) 1650-1693

65. — *Moïse chassant les Bergers pour faire boire les troupeaux des filles de Laban.*

Composition connue, gravée.

Tableau original et des plus importants du maître.

Signé à gauche.

Sur bois. — L., 0,95; h., 0,73.

RUBENS (*Attribué à*)

66. — *Portrait du prince Farnèse.*

L., 0,59; h., 0,70.

ZICH (J.)

67. — *Tête d'homme.*

L., 0,56; h., 0,64.

ZICH (J.)

68. — *Tête d'homme.*

Ces deux têtes, peintures très-rares, qu'on pourrait attribuer à Baltazar Denner, sont d'une exécution remarquable.

L., 0,56; h., 0,64.

DIÉTRICY (1712-1774)

69. — *Philosophe.*

Petit tableau, effet à la Rembrandt.

L., 0,56; h., 0,65.

BOONS Fils

71. — *Spécimen curieux de l'Époque.*

L., 0,87; h., 0,68.

Supprimé

Breughel

73. — *Paysage.*

Forêt. Voyageurs attaqués par des voleurs. Très-important.

Sur bois. — L., 0,86; h., 0,70.

VAN DER HAEGHEN (H.)

74. — *Bataille*

Grande esquisse pleine de fougue et d'entrain.

Signée à gauche.

Sur bois. — L., 1,66; h., 1,25.

TERBRUGGEN (1729)

75. — *Fleurs.*

Grande composition (1720).

Signé à droite.

Sur toile L., 1,30; h., 1,60.

FERGUSSON (1639)

76. — *Fruits et Oiseaux morts.*

D'une grande finesse de pinceau.
Signé au bas du tableau.

Sur toile. — L., 0,60; h., 0,64.

TÉNIERS (A.)

77. — *Le Concert des Chats et des Singes.*

Sur bois. — L., 0,65; h., 0,56.

P. M. G.

78. — *Fruits et Perroquet*

Le monogramme est sur la balustrade en pierre.

Sur toile L., 0,67; h, 0,80.

RICCIARELLI

80. — *Descente de Croix.*

Très-belle petite esquisse.

Sur toile. — L., 0,37; h., 0,46.

VOLGEMUTH

81. — *Descente de Croix.*

Gothique.

Sur bois. — L., 0,30; h., 0,32.

VOS (PAUL DE)

82. — *Chasse au Lion.*

Sur toile. L., 0,85; h., 0,56.

VAN THULDEN

83. — *Vierge, Enfant Jésus.*

Gracieuse composition.

Sur bois. — L., 0,80; h., 0,93.

RUBENS (P.-P.)

85. — *Bacchus et Bacchantes.*

Pochade.

Sur bois. — L., 0,67; h., 0,53.

VEBOOCKOVEN

86. — *Étude d'après nature.*

Moutons.

Sur bois L., 0,52; h., 0,43.

MIERIS (F.) 1600-1690

87. — *La Bulle de Savon.*

Signé à droite sur l'appui de la fenêtre.

Sur bois L., 0,42; h., 0,50.

VAN DER NEER ~~(Attribué à)~~

88. — *Clair de lune.*

L., 0,53; h., 0,47.

RUBENS (P.-P.)

89. — *Tête de Vieille Femme.*

Cette peinture énergique se remarque par son exécution.

Sur bois. — L., 0,53; h., 0.64.

VAN DER WILT (1704)

90. — *Portrait de grand seigneur.*

Ce portrait, un des plus beaux de ce maître, dont les ouvrages sont très-rares, est peint avec la finesse d'un Terburg. L'exécution et la conservation en sont merveilleuses.

Signé à gauche dans le bas.

TÉNIERS Fils

92. — *Esquisse peinte.*

Le joueur de cornemuse. Danse villageoise. Composition spirituelle exécutée avec entrain, provenant de la collection de M. d'Arvenne.

Sur toile L 81 h 57

HUGTENBURG

93. — *Paysage dans la manière de Vanartois.*

Avec figures. Voyageurs arrêtés par des voleurs.

WYNANTS (1600-1677)

94. — *Paysage.*

A droite, au premier plan, un tronc d'arbre rompu par le vent; au-dessus, sur un talus, un paysan s'éloigne suivi de son chien. Deux arbres, très-finement touchés, occupent le milieu du tableau, et, à gauche, deux hommes pèchant à la ligne dans une rivière. Signé au bas à droite.

L., 0,29; h., 0,27.

ÉCOLE ITALIENNE

GUERCINO (1559-1666)

95. — *Madeleine repentante.*

Sur toile L., 1,37; h., 1,06.

a Lafri

CORRÉGIO (1494-1534)

97. — *Le Temps enlevant la Vérité.*

Peint sur fond d'or.

Sur bois. — L., 0,70; h., 0,77.

98. — *Tête d'enfant.*

L., 0,50; h., 0,59.

BARROCHIO

99. — *Sainte Élisabeth visitant la Vierge.*

Sur toile L., 0,65; h., 0,74.

TIÉPOLO (D.)

100. — *Entrée d'Alexandre à Babylone.*

Domenico Tiépolo, le dernier des peintres vénitiens, a laissé un grand nombre de compositions remarquables comme celle-ci, et où son talent et son imagination se montrent si variés.

Sur toile L., 0,99; h., 0,73.

CIGOLI

101. — *La Sibylle.*

Tableau important du maître, d'une conservation remarquable. L'attitude des figures et la force des expressions en font une des compositions les plus réussies de ce grand artiste.

L., 1,25; h., 1,03.

CONTARINI

102. — *Mercure endormant Argus.*

Composition gravée.

L., 0,44; h., 0,46.

VASARI (1590-1650)

103. — *L'Amour endormi.*

Dans le fond on aperçoit les trois Parques.

INCONNU

104. — *Infants d'Autriche.*

Portrait.

PARIS. — J. CLAYE, IMPRIMEUR, RUE SAINT-BENOIT, 7.

www.ingramcontent.com/pod-product-compliance
Ingram Content Group UK Ltd.
Pitfield, Milton Keynes, MK11 3LW, UK
UKHW020215180726
13838UKWH00005B/2001

9 782329 337593